AF416875

Su eterna presencia

Hermanas Alcott #2

Elsa Tablac

CAPÍTULO 1

L IZZY

Todos se preguntarían qué hago ahí. Por qué había abandonado Londres.

Jamás adivinarían qué me llevó a instalarme en casa de mis padres, un enorme *cottage* de piedra en los confines de Bracknell, a unas dos horas de la capital. No es muy fácil entender que una joven independiente de veinticinco años se aparte de una de las ciudades más excitantes del mundo y regrese de repente a casa de su familia.

La razón se llama Oliver Owen.

Cuida de nuestros cuatro caballos en el establo familiar. Es el hijo mayor de William, el antiguo mayordomo, quien sufrió un accidente hace dos años y tuvo que jubilarse anticipadamente. Oliver llegó hace quince meses, y mi padre decidió que formaría parte del personal que trabaja en casa.

Lo que no esperaba era que aquel niño hiperactivo que trepaba a todos los árboles y con el que mi hermana Charlotte y yo jugábamos para horror de mi madre se convertiría en un chico tan atractivo.

Hacía un rato que lo observaba desde la ventana de mi dormitorio. Estaba anocheciendo y Oliver regresaba de dar un paseo con Rex, el caballo de mi hermana. El mismo que ella ya casi nunca montaba y que yo mimaba algo más que a los otros, pues temía que se sintiese abandonado. Sonreí al comprobar que Oliver le dedicaba un poco más de tiempo que al resto.

—¿Sigues trabajando? —preguntó una voz a mi espalda.

No necesitaba girarme para saber perfectamente que se trataba de Adeline, mi madre.

Observé la pantalla del ordenador portátil. Mis manos se habían apartado del teclado hacía ya un buen rato y el salvapantallas, mi nombre en grandes letras de color morado, rebotaba en los cuatro lados de la pantalla. Era evidente que no estaba trabajando.

—No. Ya he terminado por hoy —contesté—. Creo que va siendo hora...

—Trabajas demasiado, Lizzy.

—No creas, mamá. Simplemente he de entregar esta traducción en cuatro días. Se me ha echado un poco el tiempo encima. Pero el siguiente libro no me llegará hasta dentro de unas dos semanas.

Mi madre entró en el cuarto y se acercó, puso las manos sobre mis hombros y besó mi pelo. Estaba especialmente cariñosa últimamente, algo no muy propio de ella. Aunque debo decir que nuestra relación había mejorado con los años.

Al principio mamá no entendía muy bien que quisiera dedicarme a traducir libros de manera profesional. Creía que mi obsesión por aprender francés y estudiar filología en la universidad era tan solo un pasatiempo. Que lo que acabaría haciendo en realidad era casarme con alguno de los hijos de los acaudalados amigos de mi padre y peinar las crines de los caballos.

Y no negaré que hubo algún momento en que yo también lo pensé. Pero me convertí en traductora de manera lenta y casual.

Empecé traduciendo esporádicamente para la editorial en la que trabajaba Molly, una de mis amigas de la universidad. Con el paso de los meses me fueron llegando nuevas propuestas.

Era el trabajo perfecto para mí, aunque en el fondo no necesitase el dinero. Traducir libros me mantenía ocupada y me permitía transportarme a otro mundo durante buena parte del día. Además, podía trabajar desde Bracknell sin problemas, a mi ritmo.

—Cenaremos pronto —dijo mamá.

Moví el ratón para recuperar el documento de Word en el que había estado trabajando esa tarde.

—No tengo demasiada hambre —contesté—. Pensaba preparar un sandwich ligero y comérmelo aquí, en mi escritorio. Querría acabar un capítulo esta noche.

—De ninguna manera, Lizzy. Hoy estamos las dos solas en casa, así que quiero que me acompañes. Y he preparado algo especial.

La observé perpleja. Mi madre no solía cocinar jamás. Especialmente si mi padre estaba en Londres por trabajo, como era el caso durante esos días.

—¿Tú has preparado algo?

—Has oído bien, sí. Así que te espero en el salón a las siete en punto. La cena estará lista. He de comentarte algo, además.

Iba a contestarle que quería bajar al establo ver a Rex —en realidad a charlar un rato con Oliver—, pero mi madre ya había abandonado mi dormitorio. Así eran las cosas con ella: sentenciaba, ordenaba y no había posibilidad de réplica.

Consulté el reloj. Eran las seis de la tarde. Si me daba prisa, podía arreglarme un poco y bajar al establo. Tal vez Oliver no estaría demasiado ocupado. En todo caso, tenía que bajar a escondidas. Mamá odiaba que me presentase a la cena justo después de visitar a los caballos. De ahí mi plan perfecto del sandwich.

Me metí en el cuarto de baño, me lavé la cara, me cepillé el pelo y me coloqué el vestido de flores menos llamativo que encontré en mi armario, unos calcetines negros hasta la rodilla y cogí las botas que, se suponía, debían permanecer fuera de la casa para no destrozar la moqueta.

Me maquillé con un poco de colorete, máscara de pestañas y pintalabios, a pesar de que era consciente de que aquellos pequeños rastros de color no pasarían desapercibidos bajo el ojo de halcón de nuestra Adeline.

Bajé las escaleras hasta el primer piso con las botas en la mano y me dirigí hacia la cocina. Saldría por la puerta trasera y rodearía la casa hasta llegar al establo. Oía la voz de mamá hablando por teléfono, tal vez con su hermana o con Charlotte. Eso era perfecto. Nunca conversaban menos durante menos de media hora, para desesperación de mi hermana Charlie.

Una de las cosas buenas de haberme instalado en Bracknell con mi ordenador portátil era que no tenía que atender las intensas llamadas telefónicas de mi madre. La escuchaba en vivo y en directo a diario.

Salí de la casa por primera vez en aquel día. Me puse las botas mientras apreciaba el sonido de los primeros guijarros y el olor de las rosas a las que mi madre se dedicaba todas las mañanas en cuerpo y alma.

Caminé unos tres minutos hasta llegar al establo, por el camino que conectaba con la casa. Respiré hondo, porque siempre que lo veía me quedaba prácticamente sin respiración; y todo apuntaba a que Oliver Owen estaría con Rex en el interior.

Llamé a la puerta.

—¡Adelante!

Entré. Entendí enseguida que no hubiese hecho falta ningún *blush* de Dior en mis mejillas, pues el calor súbito que me invadía al encontrarme delante de Oliver no faltaba jamás a la cita. Ahí estaba, una y otra vez, y allí estaba yo de nuevo en el establo, a falta de citas reales con el chico por el que suspiraba desde hacía cinco meses.

La razón por la que había vuelto a vivir con mis padres no era otra, por supuesto. Quería estar cerca de él. Quería destruir aquella extraña verja intangible que nos separaba y estrellarme de una vez por todas contra sus labios.

Eso es lo que quería.

Por eso no estaba en Londres.

CAPÍTULO 2

OLIVER

—¿Sabes que no es necesario que llames a la puerta, no? —le pregunté a Lizzy.

Se lo había dicho decenas de veces, pero ella seguía haciéndolo, a pesar de que técnicamente estaba en su propia casa. Observé el vestido de color azul oscuro, estampado con pequeñas flores amarillas, que a duras penas le llegaba hasta las rodillas.

La hija mayor de Caleb Alcott me dejaba sin aliento cada vez que venía al establo a visitar a su caballo, Truman. A esas alturas ya me debía de haber acostumbrado a su intermitente presencia, pero me había descolocado por completo que una chica moderna y urbanita como ella decidiese de repente dejar Londres y regresar a casa de sus padres.

Tal vez no debía sorprenderme tanto, teniendo en cuenta que aquella familia era inmensamente rica. Mi padre había trabajado en la casa como mayordomo durante la mitad de su vida y yo me repetía, todas las mañanas, que en cuanto terminase de una vez mis estudios de veterinaria me largaría de Bracknell y los Alcott no volverían a saber de mí jamás.

Ese pensamiento podría parecer amargo y resentido, pero nacía de algo evidente que en aquel momento se manifestaba en la puerta del establo: nunca sucedería nada entre Lizzy y yo. Sencillamente, porque pertenecíamos a mundos distintos. Los de su clase no se mezclaban con los de la mía más si no era con una relación laboral mediante.

Era así, y mi razón obligaba a mi corazón a asimilarlo de una vez por todas.

Todos los días. O al menos lo intentaba.

Aunque mentiría si dijera que su amabilidad y su sonrisa no me ofrecían un resquicio de esperanza. Ojalá las cosas fueran como cuando éramos niños y jugábamos sin preocuparnos del lugar opuesto que nos había reservado la vida.

—Prefiero llamar —contestó—. Por si estás haciendo algo que no me incumba.

Sonrió y se pasó la mano por su media melena rubia. Después se cruzó de brazos y se apoyó en el marco del portón de madera. Aquel gesto tan poco calculado —o no, quién sabe— reveló la forma redondeada de sus pechos, pequeños y blancos.

No tenía la menor idea de vestidos pero sí había notado que Lizzy los llevaba mucho más a menudo, y no tenía ningún reparo en combinarlos con botas de montar. Aquello era algo que me encantaba.

—¿Y qué iba a estar haciendo, Lizzy? —le pregunté, a pesar de que se me ocurrían varias cosas.

Las hijas de Caleb me habían prohibido terminantemente que las tratase de "usted"; cosa que hice en el pasado en un par de ocasiones, cuando llegué a la casa, a pesar de que sonaba completamente ridículo. Nos conocíamos desde niños, aunque yo era unos cuatro años mayor que Lizzy.

Se acercó para acariciar a Rex.

—No lo sé, de repente está ya anocheciendo y sigues aquí. Me he dado cuenta de que últimamente alargas un poco tus jornadas.

Era cierto. Y era inconsciente, también. Supongo que quería pasar el máximo tiempo posible dentro de su radio de acción.

—Rex cojea un poco desde ayer. Me temo que se trata de una astilla —le dije—. Pero no me ha dejado que me acerque a sus patas traseras.

Lizzy me miró. Me incorporé. Habíamos estado solos en aquel establo centenares de veces y sin embargo aquella noche me puse nervioso. Había algo diferente en ella y me volvía loco ser incapaz de identificarlo. ¿Qué era?

—¿Crees que deberíamos llamar al veterinario?

—No, es algo que puedo solventar yo mismo. En cuanto me deje.

—Cierto. ¿Cuándo terminas entonces?

Consulté mi reloj. Me daba vergüenza decirle que nadie me esperaba en casa. Había alquilado un pequeño apartamento en el centro de Bracknell, cerca de la casa de mis padres.

—No tengo prisa esta noche —contesté.

—Me refiero a cuándo terminas tus estudios de veterinaria.

Era una pregunta interesante, y una que odiaba especialmente contestar; pero no si me la hacía Lizzy Alcott.

—Si todo va bien, en un año.

No podía estudiar al mismo ritmo que mis compañeros porque había tenido que trabajar desde los dieciocho años, prácticamente desde que mi padre sufrió el accidente y tuvo que retirarse. Los Alcott sabían perfectamente que mi trabajo al mando del establo tenía fecha de caducidad.

Un año para conquistar a Lizzy Alcott. *Tal vez la bese la última noche. Si me rechaza, desapareceré para siempre de su vida.*

—Es admirable, Oliver.

La miré con un gesto interrogante. Ella se apartó del caballo y dio dos pasos hacia mí. Recé porque alguno de los animales relinchara para que ella no notase como mi respiración se aceleraba.

—El qué.

—Todo. Lo que haces aquí, con nuestros caballos. Y que no hayas descuidado tus estudios en ningún momento.

Desvié la vista. No estaba acostumbrado a recibir cumplidos. Mi cuerpo se desplazó hacia atrás de forma inconsciente y me topé con una de las paredes de aquel enorme cobertizo. Era como si Lizzy, con su delicioso cuerpo menudo, estuviese a punto de devorarme.

Estábamos muy cerca, más que nunca y ambos, conscientes de la tensión que se desplegaba entre nosotros, desviamos la mirada hacia el caballo.

Lizzy estiró su mano para acariciarlo de nuevo.

Necesitaba que entendiese que yo no podía —o más bien no debía, si quería tener la certeza de que conservaría mi trabajo— acercarme a ella aún más, hacer lo que tanto deseaba. Rodear su cintura y volcar su cuerpo contra el mío, ajustarla a mi relieve. Meter la mano debajo de aquel vestido y recorrer su piel pálida con mis dedos. Allí nadie nos vería jamás. En ausencia de Caleb Alcott, ella y yo éramos los dos únicos humanos que entraban en el recinto de los caballos.

—Lizzy, yo...

—¿Puedo preguntarte algo, Oliver?

Me callé de repente. Tuve la sensación, por nuestro silencio compartido, que los dos queríamos llegar exactamente al mismo sitio.

—Claro.

Pedir permiso para preguntar suele ser el preludio de algo problemático.

—¿Qué sucedió entre mi hermana y tú?

Me pilló por sorpresa.

No sabía, literalmente, de qué me estaba hablando. Pero al parecer Lizzy pretendía fragmentar su relato:

—Hará unos cuatro o cinco años. Os vi besándoos. En el camino que va a la casa de los Withcombe. O más bien, Charlotte te besaba a ti. Pero tú no te apartaste.

Oh, no. ¿Cuántos años hacía de aquello? A mí me parecían más. ¿Seis? ¿Siete? Me avergonzaba profundamente pero no podía, en aquel momento, darle más importancia de la que tenía.

Sonreí y aparté de nuevo la mirada, tratando de ocultar mi evidente turbación. Era absurdo negarlo. Lizzy lo había visto con sus propios ojos. Jamás dijo nada. Hasta esa noche.

—Creo que sé por qué lo preguntas —carraspeé—. Soy unos nueve años mayor que Charlotte. ¿Y ella? ¿Cuántos debía tener por entonces? Supongo que era una adolescente. ¿Dieciséis?

Observé la mirada serena de Lizzy. Su mano seguía acariciando a Rex, y aquello parecía ejercer un efecto casi sedante sobre el caballo.

—Dieciséis —murmuró.

—No sucedió nada. Tu hermana me dijo que nunca había besado a ningún chico y quería saber qué se sentía. Me preguntó si podía hacerlo yo. Antes de contestarle que debía ser paciente con ese tipo de cosas se me abalanzó. No puedo decirte más. Ninguno de los dos volvió a mencionar jamás el tema. Mi padre dejó de trabajar en vuestra casa poco después y yo me marché a la universidad. No volví a ver a Charlotte hasta hace poco. Dudo que se acuerde de esta historia.

—Supongo que siempre le gustaron los hombres mayores que ella —susurró—. Pero te equivocas en algo.

—¿En qué?

—No te lo preguntaba por eso. Por la diferencia de edad.

Lizzy respiró hondo. De repente nos faltaba todo el oxígeno en aquella cárcel de madera.

—¿Entonces?

—Lo pregunto porque...yo siempre quise hacer lo mismo. Pero nunca me atreví.

Me miró. Supongo que no necesitamos más. Puso la mano con la que había acariciado a Rex en mi nuca y se inclinó sobre mis labios.

CAPÍTULO 3

L**IZZY**

Me quité las botas en el porche de casa, tratando de no hacer demasiado ruido. Era perfectamente consciente de que eran más de las siete y llegaba tarde a la cena de mi madre, que se tomaba aquellas veladas familiares como si fueran cualquiera de sus eventos sociales. Me temblaban las manos, las rodillas, ¡todo! después de lo sucedido con Oliver.

Diría que no había transitado el corto camino que unía la casa familiar y el establo. Más bien había flotado.

Esperé dos segundos antes de abrir la puerta. Sospechaba que, con mi suerte, mamá me esperaría justo detrás, con los dedos de las manos entrelazados sobre su falda y los labios bien apretados. Soltaría alguno de sus comentarios pasivo-agresivos en cuanto supiese a ciencia cierta que había ido al establo antes de cenar.

Entré con cuidado, como si estuviese regresando de algún club a las tres de la madrugada —algo que había quedado ya bastante atrás en el pasado—, y observé el resplandor del salón.

Lo ideal habría sido inventarme alguna excusa, algún dolor de estómago, y poder estirarme al menos diez minutos en mi cama para asimilar que Oliver Owen no me detuvo cuando lo besé. No se apartó, no me rechazó. Ni siquiera pareció sorprenderse.

Más bien todo lo contrario.

Me acogió entre sus fuertes brazos como si no estuviese dispuesto a dejarme ir nunca; como si él también hubiese esperado años hasta que aquello sucediese.

Me asomé un momento al salón. Mi madre me esperaba sentada en la mesa, con gesto circunspecto.

—¡Vengo enseguida, mamá! Me lavo las manos y estoy contigo.

El silencio que me devolvió indicaba que estaba cabreada. Pero yo no estaba de humor para sermones.

Le había dicho a Oliver que tenía que cenar con mi madre, a pesar de que era lo último que me apetecía en ese momento. Quería seguir allí con él, explorando sus labios. Tal vez, si me dejaba, deslizar las manos debajo de su suéter.

Necesitaba tocarlo.

La noche nos había sorprendido allí dentro. Ni siquiera nos había dado tiempo de encender la luz. Me horrorizaba presentarme ante mi madre con la ropa interior húmeda; y eso que Oliver apenas me había tocado.

Observé mi rostro encendido en el espejo del baño de la primera planta. Abrí el grifo y puse la cara debajo.

Apenas nos habíamos despedido. Me separé de él y le dije que tenía que irme.

Hacía ya un buen rato que él debería haber terminado su jornada, pero me dijo que iba a quedarse un rato más para asegurarse de que Rex se quedaba tranquilo y descansaba bien.

Me sequé el rostro con cuidado y regresé al salón, dispuesta a cenar rápido y ocuparme de mis nuevos asuntos. Noté la mirada de Adeline mientras rodeaba la mesa.

—¿Has estado en el establo?

Suspiré.

—Fui a ver a Rex. Al parecer lleva todo el día cojeando.

Cogió la servilleta y la puso en su regazo. Después estiró el brazo y destapó la ensaladera.

—¿No podías ir después de cenar? Sabes que no me gusta que vayas al establo antes de la cena.

—Mamá, esto no estaba previsto. No sabía que hoy querías cenar conmigo. De haberlo sabido me habría organizado la tarde de otra manera.

Levantó la ceja.

—¿Desde cuándo he de solicitar cita previa para pasar un rato con mi hija? La que vive en mi propia casa, quiero decir.

Ahá. Así que eso era parte del problema.

—Bueno, mamá. Pensé que te alegraba tenerme en casa más tiempo.

—Me encanta, ya lo sabes. Es solo que a tu padre y a mí nos sorprendió tu decisión.

—Ya lo hemos hablado muchas veces. Necesito desconectar un poco de Londres, es todo. Es temporal.

—¿No estarás deprimida, no?

Se me escapó la risa.

—¡Mamá, en serio! —exclamé—. Por cierto, ¿de qué querías hablarme? ¿Qué es eso tan misterioso que tenías que contarme?

—Pásame tu plato.

Todo aquel preámbulo empezaba a ser sospechoso. Intuía que mi madre iba a pedirme algún pequeño favor, o que colaborase con alguno de sus estrafalarios eventos, de lo contrario la bronca por el asunto del establo habría sido algo más contundente.

—Verás. Te acuerdas de Leighton Andrews, ¿verdad? El hijo mayor de Eileen.

—Mamá, sé perfectamente quién es Leighton. No hace falta que te refieras a todo el mundo por su nombre y apellido. Conozco de sobras a tu amiga Eileen.

—Bien. Perfecto, porque Leighton vendrá mañana. Y me gustaría que dieras un paseo a caballo con él. Le encanta montar, como a ti. Creo que os caeréis muy bien.

Dejé el tenedor sobre la servilleta para resistir el impulso de lanzarlo al fondo del salón. Este pequeño encargo de mamá sonaba bastante... siniestro. Sin duda estaba tramando algo que no pretendía compartir conmigo a la primera de cambio.

—¿Un paseo a caballo con Leighton Andrews? ¿Por qué? ¿A qué viene esto de repente?

—Eileen y yo hemos pensado que sería una buena idea que os conozcáis un poco. Hace muchos años que no coincidís y Leighton se ha convertido en un muchacho más que interesante. Acaba de terminar sus estudios de economía y casualmente ha de venir a Bracknell mañana a hacer unos recados. Así que pasará a vernos. Quiere saludarte.

—Mamá, no entiendo muy bien por qué me necesitas a mí para todo esto. Si es una especie de artimaña victoriana entre dos casamenteras aburridas, siento comunicarte que no va a salir bien. No estoy interesada en Leighton.

—Primero, te necesito a ti porque tu padre no está en casa, y vosotros dos sois los únicos que montáis a caballo. Leighton no tiene la oportunidad de hacerlo a menudo, así que he pensado que era una buena idea invitarlo. No viene a casa con Eileen desde que era prácticamente un adolescente. Y segundo, creo de verdad que podríais congeniar. Ahora no sales con nadie, ¿no?

Observé a mi madre perpleja. No hacía ni media hora que me había perdido entre los brazos de Oliver y me estaba proponiendo que entretuviese al hijo de una de sus amigas; alguien a quien probablemente le habían contado el mismo cuento que a mí.

—Bueno, es que no sé si es una buena idea. Rex no se encuentra bien.

—¿Rex es el caballo de tu hermana?

Asentí.

—¿No hay cuatro caballos en el establo?

Asumí que no había escapatoria y que probablemente iba a ser menos dramático atender a su petición antes que inventarme alguna elaborada excusa para no dar el maldito paseo con Leighton. Mi madre me miró fijamente, aguardando mi confirmación.

—Está bien, lo haré como un favor personal si es lo que deseas —punto para mí, pensé mientras lo decía, pues ya me ocuparía de cobrármelo más adelante—, pero siento anunciarte que las posibilidades de que me interese por Leighton Andrews son nulas.

Mamá sonrió y midió sus palabras mientras masticaba.

—No te pido nada. Solo que aparezcas en el establo mañana sobre las once y des un paseo con él.

—En el establo.

—Sí, claro. No se quedará mucho rato.

—Eso espero. He de seguir con mi traducción.

—Creí que traducías por las tardes.

En momentos como este dudaba sobre si había sido una buena idea instalarme en Bracknell. Mi madre pasaba mucho tiempo ocupada con sus amigas, sus eventos, sus beneficencias y vigilando desde la distancia todos los movimientos de mi hermana Charlotte. Yo no estaba en su punto de mira, al menos por el momento, así que no tenía que lidiar a menudo con situaciones como la que me había planteado esa noche.

No era la primera vez que intentaba "que pasase tiempo" con algún hijo de alguna de sus numerosas amigas y conocidas. Por lo general lograba escabullirme, y en el peor de los casos pasaba un par de horas intentando mantener una conversación incómoda con la víctima en cuestión, pero lo de Leighton no me encajaba nada.

Principalmente por un motivo: Oliver.

Él trabajaba en el establo. Pasaba todo el tiempo allí.

Él ensillaría nuestros caballos.

No se me ocurría peor testigo para aquella absurda cita del día siguiente.

De repente, me levanté de la mesa.

—Permiso, mamá. No me encuentro muy bien. Creo que es mejor que me retire ya a descansar.

Me devolvió una mirada directa y serena. No se creía nada. Me conocía a la perfección, pero ya se había salido con la suya.

—Me parece bien. Necesito que mañana estés en plena forma. Contentemos a Eileen, querida.

Y a ti misma, pensé.

Asentí y abandoné la sala.

¿Descansar después de lo que había sucedido hacía apenas una hora en el establo? Ni yo misma me lo creía.

CAPÍTULO 4

L IZZY
Desde mi ventana podía ver las luces aún encendidas. Eran casi las nueve de la noche. Eso significaba que Oliver aún no se había marchado y que seguía pendiente de Rex. Tal vez el caballo de Charlotte se había enfermado.

Me quedé plantada junto a mi escritorio, con la mirada fija en el edificio anexo. En cuanto salí del salón me olvidé por completo de los tejemanejes de mi madre y de la visita de Leighton Andrews. Me dije a mí misma que no pensaría en ese asunto hasta el día siguiente.

Por lo general después de la cena me ponía alguno de mis pijamas de seda y me acurrucaba en la cama con algún libro, pero esa noche sabía muy bien que mientras aquellas luces estuviesen encendidas me sería imposible pegar ojo.

Me hubiese encantado saber qué pasaba por la cabeza de Oliver, qué pensaría de aquel acercamiento extraño y magnético que nos había arrollado.

Observé una figura saliendo del establo y deteniéndose junto a la puerta. Sin duda era él. La luz de mi habitación estaba encendida, así que tal vez podía verme junto a la ventana, si es que tenía idea de dónde estaba mi dormitorio. No recordaba haber visto nunca a Oliver dentro de nuestra casa.

Se apoyó en el poste que había junto a la puerta y vi que una luz se agitaba en su mano. Jamás lo había visto fumando, así que aquello solo podía ser su teléfono móvil. Sentí como si una pequeña serpiente celosa me recorriese la espalda. ¿Con quién hablaba? Me di cuenta de que no sabía nada sobre Oliver. Llevaba unos meses pululando a su alrededor, hablando con él de caballos, del tiempo, de tonterías varias. No tenía la menor idea de si una chica lo estaba esperando en casa. No parecía ese tipo de hombre, pero yo no era tan ingenua.

Escuché el rumor del televisor, que mi madre acababa de encender en la primera planta. Era la hora en la que se plantaba en el sillón y se dejaba abducir por alguna de sus series románticas favoritas.

No me extraña que a veces se piense que vive en un capítulo de Downton Abby.

Me quité el vestido y me estiré sobre la cama. Mantuve la mirada fija en el techo. *Debería estar contenta*, pensé. Oliver se había entregado a mi beso, nos habíamos dejado llevar de la misma forma. Me gustó la manera en que me había estrechado contra su cuerpo. Me excitó. ¿Y por qué no estaba satisfecha?

Estaba muy claro.

Simplemente, porque no era suficiente. Aquel acercamiento era un paso de gigantes en una relación inexistente. Llevaba meses observándolo desde la distancia, calculando los metros que nos separaban, pensando la mejor manera de entablar conversación. Y al final, aquella pregunta que me había quemado desde la adolescencia brotó de la forma más natural.

Nunca lo hablé con Charlotte. Jamás le pregunté, porque sabía perfectamente que quien ocupaba su mente y su corazón era Arthur Yardley, desde el momento en que papá nos lo presentó como su hombre de confianza en la empresa.

No le dije que la había visto besando a Oliver porque sabía que se podían meter en un lío. Especialmente él. Y porque por aquel entonces yo ya estaba interesada en él. Imagino que si se lo hubiese dicho a mi hermana ella me habría echado una mano, me habría dicho enseguida que tan solo quería calmar aquella estúpida sed, que alguien la besara por primera vez, solo por saciar su curiosidad.

En algún momento creí que tal vez irían más allá, pero pronto supe que Charlotte estaba obsesionada con perder su virginidad con Arthur.

Pasaron unos años, yo me fui a la universidad y allí tuve unos escarceos sin importancia. Me había olvidado por completo de Oliver Owen. Hasta el verano pasado. Lo vi sin camiseta cerca del estanque. Estaba ayudando a construir un abrevadero en el exterior. La imagen de él, con el torso desnudo, trabajando bajo el sol empezó a perseguirme. Fue entonces cuando empecé a pasar más tiempo en la casa. Y empecé a observarlo desde la ventana.

Y a acercarme a él.

Muy despacio.

Al fin y al cabo yo era la otra hermana Alcott.

La que nunca lo había besado.

Me levanté de un salto, abrí el armario y cogí el vestido de nuevo. Después busqué mi cárdigan de lana y me lo coloqué sobre los hombros. Me acerqué de nuevo a la ventana y eché un vistazo. Ya era noche cerrada y la luz en el establo seguía encendida.

Era la segunda vez en esa tarde que me iba a escapar. Me deslizaría de nuevo por la puerta trasera e iría de nuevo a verlo.

Necesitaba averiguar si Oliver seguía allí, cuando hacía un buen rato que debía haberse marchado.

Pero también necesitaba apagar el fuego que me estaba abrasando.

Si no lo hacía él, tendría que ser la niebla nocturna que ya se deslizaba por los campos de Bracknell.

CAPÍTULO 5

OLIVER

Oí unos pasos en el camino de tierra que unía el establo con la casa de los Alcott. Acaricié el lomo de Rex y me levanté, inquieto. El personal que trabajaba en la casa hacía tiempo que se había marchado. Yo era el último que quedaba por allí, pero no estaba dispuesto a dejar a Rex hasta que me asegurase de que pasaría bien la noche. Por tanto, solo podía tratarse de la señora Alcott o de Lizzy.

Y cada poro de mi cuerpo deseaba que fuese Lizzy.

Aguardé junto a la puerta del establo y contemplé la figura que se acercaba en la penumbra. Era ella, no había duda. Reconozco que cuando Caleb no estaba en la casa mis jornadas se alargaban de manera inconsciente. No me gustaba que Lizzy y su madre se quedasen allí solas toda la noche, así que solía marcharme tarde.

Obviamente no podía hacer nada al respecto, y los campos de Bracknell donde se situaba la casa eran una zona tranquila e inhóspita. Pero no podía evitar preocuparme por su seguridad.

Lizzy me sonrió al tiempo que cruzaba su chaqueta de lana sobre su cuerpo. Si por mí fuera, esa prenda se iría directamente al suelo en cuanto ella me dejase abrazarla. Yo me ocuparía de elevar su temperatura corporal.

—¿Sigues aquí? —me preguntó.

—He tenido que darle un antibiótico a Rex. He llamado a Jameson, uno de los veterinarios de guardia en Bracknell. Es amigo mío.

—¿Qué le pasa?

—Una pequeña herida en la pata. Mal curada. Le ha causado fiebre. Pero estará bien, no te preocupes.

—¿Podemos ir dentro? Me gustaría verlo.

—Claro.

Entramos en el establo. Los otros tres caballos estaban dormidos y tumbados, pero Rex permanecía de pie, en un estado de duermevela. Lizzy se acercó a él despacio. Encendí de nuevo la lámpara del interior. Ella lo acarició. El caballo le lamió la mano. Era como si su presencia lo reconfortase, y eso que ni siquiera era el que montaba habitualmente.

—Se está haciendo tarde, Oliver —dijo Lizzy—. Si tienes que marcharte, ve. Yo puedo quedarme con Rex un rato más. Y llamaré al veterinario si hay cualquier problema. Llevas todo el día aquí...debes tener hambre.

—No, no te preocupes, estoy perfectamente. Y no me iré hasta que no me asegure de que descansa. Yo tampoco podría relajarme esta noche si no tuviese esa certeza. Además...

Lizzy me miró. Un mechón de pelo rubio cayó sobre su rostro. Soltó la chaqueta un segundo para recogérselo detrás de la oreja.

—Estoy sintiendo un *déjà-vu* —dijo.

—Bueno, solo hace un par de horas que hemos vivido esta situación. O al menos, una bastante parecida.

Sentí el hormigueo, la anticipación.

—Oliver, lo que te he preguntado antes, sobre mi hermana...

La miré con atención.

—Espero que no me malinterpretaras —continuó—. No es algo que me moleste. Nunca he hablado de eso con ella... Quiero decir, no es importante, por supuesto. Hace mucho tiempo de eso.

Di un paso hacia ella.

—Siempre encantado de resultar útil para las hermanas Alcott —dije.

Lizzy se rio.

Pasó la mano por el morro de Rex. El caballo estaba prácticamente hipnotizado. Hacía un rato que apenas lo oíamos. Concluí que la mejor manera de acabar con aquella tensión era atraerla de nuevo hacia mí.

Y así lo hice. Me senté sobre uno de los bloques de heno mientras ponía la mano sobre la cadera de la mayor de las hermanas Alcott. Contemplé su expresión de deseo en la penumbra y calibré hasta dónde podíamos llegar esa noche. Algo me decía que iba a ser muy difícil detenernos. Los caballos estaban al fin tranquilos, pero la puerta del establo no tenía ninguna seguridad.

Lizzy rodeó mi cuello con sus brazos y nos perdimos en un beso húmedo y devorador. Fue tan fácil deslizar la mano bajo su vestido... No podía verla, estaba oscuro, pero imaginé su piel blanca enrojeciéndose en el momento en que amasé su trasero con mis manos. Palpé el elástico de su ropa interior y observé su reacción.

—Hace mucho tiempo que espero una visita como esta —le dije.

Se acomodó sobre mi regazo, clavando las rodillas desnudas sobre el heno.

—Debería haber venido antes.

Lizzy desabrochó los dos primeros botones de mi camisa y en ese instante supe que estaba dispuesta a dejarse llevar hasta el final, a entregarse por completo.

—Lizzy, la puerta del establo no puede cerrarse.

—Mi madre no vendrá —dijo, volviendo a besarme.

Metió la mano bajo mi camisa y acarició el pelo que cubría mi pecho. Aquello hizo que me endureciese al instante. Mi polla ya se revelaba, apretando su entrepierna. La deseaba, y quería, al igual que ella, algo rápido y sucio, porque ya me ocuparía después de recuperar todos los años que habíamos perdido observándonos a distancia.

Lizzy deslizó hacia abajo la parte superior de su vestido, mostrándome sus pechos pequeños y puntiagudos. Sus pezones clamaban por mi boca y en cuanto me hundí entre ellos, dibujando un reguero de saliva sobre su torso, ella pareció dispuesta del todo a perder el control.

Echó la cabeza hacia atrás y me acarició el pelo. Empezó a moverse, respondiendo al deseo de su cuerpo, apretando su cadera contra mi entrepierna. Con la mano derecha, rodeé su cuerpo y busqué su humedad. Necesitaba saber si Lizzy estaba preparada para recibirme, para dejar que me hundiese en ella.

Levanté su cuerpo y me giré con ella en brazos. La coloqué suavemente sobre el bloque de heno. Ahora encaraba una de las ventanas del establo. Fuera se extendían los prados que rodeaban la casa propiedad de Caleb Alcott y se erguía triunfante la luna llena.

Lizzy deslizó sus manos bajo la falda de su vestido y buscó sus braguitas. Observé cómo se las quitaba despacio, recorriendo con ellas sus piernas. Se las quité de las manos. Estaban empapadas.

—Han quedado inservibles— me dijo.

Al instante buscó mi cinturón y mi boca al mismo tiempo. Rodeó mi cadera con sus piernas y me volvió loco la simple idea de tenerla ya desnuda y esperándome. Preparada. Busqué la entrada de su coño con el dedo pulgar y lo acaricié. Lizzy gimió y echó el cuello hacia atrás, buscando la pared.

—Méteme el dedo —susurró.

Lo hice. Obedecí al instante. Noté su carne aprisionándolo a mi alrededor. Lo saqué de nuevo y volví a hundirlo en las deliciosas profundidades de Lizzy Alcott. Ella cerró los ojos y metió la mano dentro de mis calzoncillos. Agarró mi polla y empezó a acariciarme, primero con cierta timidez, tratando de adaptar sus movimientos a la vida propia que sin querer ya le había insuflado. Después la agarró con firmeza y la sacó.

Entonces no necesitó las palabras. Era la contundencia de sus gestos y su cuerpo lo que me dictaba exactamente lo que tenía que hacer para satisfacerla, porque en ese instante descubrí el sentido de los últimos años. Iba a cuidar de sus caballos y también de la propia Lizzy; y me encargaría de que se corriese todas las veces que ella quisiera.

Todo el tiempo que ella quisiera.

Deslizó su cadera hasta el borde del bloque de heno, ofreciéndose, completamente excitada. *Ojalá*, pensé, *nunca olvide su rostro de placer en este instante, porque quiero* que me acompañe hasta el último de mis días en la Tierra.

Hundí mi polla entre sus deliciosos y mojados pliegues. Lizzy gritó de puro éxtasis y observé de reojo como uno de los caballos, Truman, se agitaba un poco dentro de su box.

Acerqué su cuerpo todo lo que pude al mío y empecé a follarla. Sus uñas se clavaron en mi trasero, obligándome a hacerlo cada vez más rápido. Era la única manera de que no pasáramos más de un segundo separados. Apoyó su mejilla izquierda en mi pecho, buscando mi calor. No sé durante cuánto tiempo lo hicimos, pero ninguno de los dos quería que aquello terminase. Entrábamos en calor y cada vez me amoldaba mejor a su cuerpo menudo y suave.

—Espera, un segundo —dijo entre jadeos.

Se separó de mí, se bajó del montón de heno y me dio la espalda. La abracé, buscando enseguida su clítoris con los dedos de mi mano. Mi polla se ajustó de nuevo entre sus piernas.

—Desde atrás —me ordenó.

Me encantaban sus órdenes. Quería obedecerla hasta el fin del mundo.

Sujeté su cadera y empujé su espalda para que se reclinara contra la paja. Ella cogió la mano que me quedaba libre y dirigió los dedos hacia uno de sus pezones. Apretó mis dedos a su alrededor, dejándome totalmente claro qué era lo que esperaba de mí. Quería dureza.

Busqué su espalda con mis labios y volví a penetrarla. De inmediato.

—Ughhh —gimió de nuevo.

La abracé con fuerza, asegurándome de que mis dedos quedasen a su plena disposición. Harían lo que ella quisiera. Empecé a moverme de nuevo. El aliento compartido y condensado elevó la temperatura de aquel habitáculo.

En ese instante, mientras satisfacía los deseos censurados de Lizzy Alcott pensé en los cuatro caballos, en que apenas dormían unos treinta minutos al día, y que estarían observándonos follar como desesperados desde sus respectivos rincones.

—Un poco más fuerte —me dijo Lizzy.

Aquello me desesperó, me volvió loco. La acompañé en un último minuto de sexo intenso, *tal vez demasiado duro*, pensé. Pero eso era exactamente lo que ella quería. Sus gemidos se aceleraron, elevó su tono. Menos mal que la noche era nuestra cómplice y nos escondía.

Lizzy Alcott se corrió intensamente, temblando entre mis brazos, y yo fui tras ella, con el tiempo justo de retirarme y vaciarme entre sus piernas, sobre el vello denso y negro que cubría su entrada. No sé cuánto tiempo nos quedamos abrazados e inmóviles, pero cuando finalmente salimos del establo todas las luces de la casa estaban ya apagadas.

La luna seguía llena y viva.

CAPÍTULO 6

L IZZY
Hubiese deseado un despertar tranquilo, preferiblemente en los brazos de Oliver Owen, pero alguien que llamaba a la puerta de mi dormitorio con insistencia me arrancó de mi ensoñación. Tardé unos segundos en ubicarme, en recordar todo lo que había pasado la noche anterior y en darme cuenta de que el sol estaba muy alto.

Me había quedado dormida.

Salté de la cama.

La puerta se abrió con cuidado. Odiaba el estrés matutino, sobre todo porque en el tipo de vida que llevaba desde que había vuelto a Bracknell agobiarse era algo raro e innecesario; y que solo aparecía cuando tenía que ir al médico o tomar un vuelo.

—No me puedo creer que aún estés dormida —oí un murmullo reprobatorio justo después de que se abriera la puerta.

—¡Mamá! —exclamé, de pie en medio de la habitación—. ¿Tú me ves dormida?

—Son casi las once. Hace un rato que te espero abajo.

—Pues lo siento. Se me pegaron las sábanas.

Mi madre entró en el dormitorio y cerró la puerta.

—¿Qué te ha pasado? ¿Te encuentras mal?

—No. Anoche tardé en dormirme, eso es todo.

Me observó, desconfiada.

—Vístete. Y te espero abajo lo antes posible. No sé si recuerdas algo de lo que te dije ayer.

Me acordaba, por desgracia. Me acordaba perfectamente. Pero ni aquel absurdo compromiso iba a evitar que me estremeciese después de lo sucedido con Oliver. Aún me temblaban las rodillas. Mi entrepierna estaba algo dolorida.

Abrí el armario y saqué un pantalón vaquero y un suéter. Entré en el baño y me lavé la cara. Después me cepillé el pelo y sujeté los mechones rebeldes con un par de horquillas negras. Busqué unos calcetines cómodos y que no me rozasen con las botas de montar. Cuando entré de nuevo en mi habitación me topé con el rostro de horror de mi madre.

—No pensarás ir así, ¿no?

—¿Así, cómo? Es mi ropa de siempre.

—Ayer llevabas un vestido precioso.

—Ya, mamá. Pero el vestido está para lavar.

—¿Cómo te lo has ensuciado?

—Anoche estuve de nuevo en el establo, Rex tenía fiebre.

Mi madre frunció el ceño. Los caballos nunca le habían interesado lo más mínimo.

—¿Y por qué tienes que ponerte un vestido bonito para ir al establo?

Insoportable, de verdad. Había días que era insoportable. Necesitaba tomar decisiones con respecto a mi vida, ver qué sucedía con Oliver y, tal vez, replantearme si iba a poder seguir viviendo bajo el mismo techo que Adeline Alcott.

Tuve mucho cuidado de no hacer ningún ruido al regresar a casa, pero me costó dormirme. Cuando ya estaba en la cama, y a pesar de que no quería borrar su rastro y su olor de mi cuerpo, me levanté en mitad de la noche y me di una ducha caliente que me reconfortó. Pensé que era muy injusto que Oliver no hubiese podido subir conmigo a la segunda planta, meterse entre mis sábanas y abrazarme hasta que amaneciese. Dormir juntos.

Pero no estás en tu nido de soltera en Londres, Lizzy. Así que olvídate del tema.

—¿No me esperabas abajo? —le pregunté a mi madre, algo impaciente.

—Sí. Leighton ya está aquí, por cierto.

—¿Ya?

Cogí el reloj de pulsera que había dejado junto al despertador y miré la hora. Sin duda la ducha nocturna había causado estragos en mi ciclo de sueño. Era muy raro que me despertase después de las nueve de la mañana, por muy cansada que estuviera.

Mientras salía de la habitación, mi madre dijo:

—No te preocupes, querida. Te da tiempo a tomarte un café, acabo de preparar una cafetera. Leighton ha ido al establo, te esperará por allí. Está charlando con el chico que se ocupa de los caballos.

Oliver.

¿Era posible que mi madre no supiese su nombre? No, era imposible.

Y sin embargo, me dio exactamente igual. Empezó a bajar la escaleras mientras murmuraba en voz alta y yo me acerqué disparada a la ventana que presidía mi escritorio. Tenía una vista privilegiada sobre todo lo que acontecía en los alrededores del establo. Desde allí podía observar, sin ser vista, todos y cada uno de los movimientos de Oliver.

El chico que se ocupa de los caballos.

El mismo que estaba, en ese preciso instante, de pie, frente al establo, hablando con Leighton Andrews, con el rostro serio y el cuerpo rígido. Junto a él estaba Rex. Oliver sujetaba al caballo por las riendas, y acariciaba el lomo del animal sin mirarlo. Mantenía la vista fija en Leighton, atento a la conversación.

Mi ansiedad se disparó en ese instante. ¿Qué le estaría contando nuestro invitado? ¿Le estaba diciendo que había venido a cabalgar conmigo? Todo había sido una argucia absurda de nuestras madres que los dos íbamos a capear como pudiésemos, pero lo cierto era que no había pensado en ningún momento en advertir a Oliver sobre la visita la noche anterior.

Porque, para empezar, no había pensado ni un solo segundo en Leighton mientras estaba allí dentro con él. Entregándome a él.

Abandoné a toda prisa de la habitación y bajé las escaleras prácticamente de dos en dos.

Salí por la puerta principal, a pesar de que mi madre estaba en la cocina.

—¡Ahora vengo! —grité.

—¿Es que no vas a desayunar?

—Leighton está esperando.

Asomó su cabeza por la puerta y suspiró. Por supuesto que no iba a insistir. No si existía la posibilidad de que Leighton y yo nos interesáramos el uno por el otro.

Qué lejos de la realidad, pensé.

Cogí las botas de montar que había dejado junto a la puerta la noche anterior y me las coloqué, mientras observaba a los dos hombres, intentando captar su atención, destruir aquella conversación que podía destruirme a mí.

Después me levanté de la escalera de acceso a la casa y salí corriendo hacia ellos.

OLIVER

Lizzy corría hacia nosotros y, después de mi conversación con Leighton Andrews, yo ya no sabía qué pensar. Apenas había pegado ojo esa noche, y aún así me levanté a las ocho en punto y me presenté en la casa de los Alcott para comprobar la evolución de Rex.

Y quería ver a Lizzy, por supuesto. Esa mañana tenía la intención de preguntarle si le apetecía ir a Bracknell a almorzar conmigo, al restaurante de mi amigo Bruce. Quería llevármela lejos de aquella casa vigilante, hablar de la posibilidad de seguir viéndonos. Hasta que llegó Leighton.

Se presentó ante mí con cierto aire altanero que relajó en cuanto supo que yo estaba al cuidado de los caballos de Lizzy y de Caleb Alcott.

He quedado con Elizabeth para cabalgar un rato, me dijo. Aquello me descolocó. Para empezar, sabía muy bien que Lizzy no soportaba que la llamasen "Elizabeth", algo que solo hacía su madre cuando estaba realmente enfadada, según me había dicho.

Era extraño. Sabía también que los amigos de Lizzy vivían casi todos en Londres y pertenecían a su círculo universitario. No pude resistirme a preguntarle de qué se conocían.

—Prácticamente desde que éramos niños —había contestado—. Nuestras madres son buenas amigas. Pero he pasado casi toda la última década estudiando en Estados Unidos.

Un niño rico.

Tenía todo el sentido. Se notaba a la legua que aquella no era una cita inocente. ¿Sería Lizzy capaz de hacerme presenciar cómo uno de sus pretendientes intentaba conquistarla delante de mis narices?

No era algo que estuviese dispuesto a consentir.

El tipo se acercó a Rex.

—Me gustaría montar a este caballo.

Negué con la cabeza.

—Imposible. Rex está convaleciente.

—Yo lo veo en plena forma.

—Lo siento. No es posible.

No quería darle ningún tipo de explicación a aquel idiota.

En aquel momento Lizzy llegó hasta nosotros. Leighton se inclinó y le dio un beso en la mejilla. Ella me sonrió, apoyó su mano en mi antebrazo y acto seguido se acercó a Rex.

—¿Cómo está? —me preguntó.

—Parece más animado esta mañana. Al menos por ahora —contesté—. Dame un minuto y ensillaré a Truman y a Blackie para vosotros, si te parece.

Ella asintió.

—Perfecto. ¿Quieres venir con nosotros, Oliver? No nos entretendremos demasiado.

Leighton la miró con un gesto de disgusto. Aquel encuentro empezaba a incomodarme profundamente. Me sentía como un molesto sirviente, alguien que estorbaba. Había llegado hacía un rato con la intención de pasar todo el día con Lizzy, si ella estaba libre, y fue un soberano fastidio encontrarme con aquel tipo.

—Lo siento —dije—. Me quedaré con Rex. Id vosotros.

Llevé el caballo al interior del establo y los dejé allí, charlando.

Lizzy me había mirado. Su sonrisa se había congelado. La sentía a kilómetros de distancia y yo ya me preguntaba cómo había sido tan idiota de construir semejante castillo de naipes después de una sola noche. Las chicas como Lizzy Alcott no acababan con los Oliver Owen. El destino siempre les traía a la puerta de casa a los Leighton Andrews.

CAPÍTULO 7

L IZZY
—He de confesarte algo, Elizabeth —dijo Leighton, mientras trataba de redirigir los pasos de Blackie. El caballo parecía incómodo, avanzaba con un trote desapacible y relinchaba más de lo habitual en él.

Yo cabalgaba a su lado, a lomos de Truman. Habíamos dejado atrás el establo hacía unos veinte minutos y yo buscaba desesperada la manera de poner punto y final a aquel absurdo encuentro. Me preguntaba cuánto tiempo más sería aceptable aguantar la situación.

Quería volver ya al lado de Oliver y explicarle que todo se debía a una encerrona ridícula de mi madre.

—Elizabeth —repitió mi acompañante, sacándome de mi repentina ensoñación.

—Qué.

—No me escuchabas, ¿verdad?

—Perdón, me despisté.

—Decía que a pesar de que haya sido idea de nuestras madres reunirnos hoy, me encuentro muy cómodo en tu compañía. Voy a pasar unos días más en Londres. He pensado que tal vez querrías acompañarme a la ciudad y cenar esta noche.

Lo miré como si me hablase en un idioma que escuchaba por primera vez en mi vida.

—Lizzy —dije.

—¿Cómo?

—Mi nombre es Lizzy.

De repente un coche a más velocidad de la cuenta se acercaba por el camino que conectaba los terrenos de mi padre con la carretera con dirección a Bracknell. Al vernos sobre los caballos, el conductor aminoró la marcha. Cuando llegó a nuestra altura se detuvo casi por completo. Bajó la ventanilla y llamó mi atención con el brazo.

—Estoy buscando la casa de los Alcott. ¿Es por aquí? Vivo en el pueblo desde hace poco y no estoy seguro de si...

—Yo soy Lizzy Alcott —contesté—. Vivo allí.

Era un hombre joven, con semblante amigable, pero parecía tener algo de prisa.

—Me han llamado para atender de urgencia a uno de sus caballos —dijo, observando a los dos sobre los que Leighton y yo montábamos.

—¿A Rex? —pregunté—. ¿Te ha llamado Oliver?

Él asintió.

—Así es. Al parecer se ha desmayado.

—Oh, no. Rex es uno de mis caballos. Cuando me fui lo dejé con Oliver y estaba bien, aunque ha pasado la noche algo intranquilo.

Bajé del caballo para poder hablar más cerca de la ventanilla.

—¿Eres Jameson? —le pregunté.

—Sí, perdona, no me he presentado. Oliver acaba de llamarme hace unos veinte minutos.

—Voy contigo —le dije—. Sígueme por la carretera, por favor. No estamos lejos.

Volví a subir a lomos de Truman, bajo la mirada perpleja de Leighton, quien probablemente no había escuchado nuestra conversación. Me alivió tener por fin la excusa perfecta para poner punto y final a aquel sinsentido.

—Lo siento, Leighton. Uno de los caballos está enfermo. Tengo que regresar a casa con el veterinario. Volvemos.

No esperé a que contestase, pero necesitaba que supiera conducir a Blackie de nuevo hasta la casa. Empecé a galopar, confiando que me seguiría. El veterinario puso en marcha el coche y siguió mis indicaciones hasta llegar a la verja que rodeaba nuestro territorio.

Cuando llegamos a la zona del establo, vi que Rex estaba estirado en el suelo. Junto a él, Oliver masajeaba su lomo. Me asusté y pensé en mi hermana. Era su caballo, con el que había pasado tantas horas cuando era una adolescente.

Bajé a toda prisa y corrí hasta donde estaba. Me arrodillé junto a Oliver.

—¿Qué le ha pasado?

—Lo llevaba de regreso al box para que descansara y se ha desplomado.

Jameson dejó el coche y se acercó a toda prisa con su maletín. Examinó su pata y levantó los párpados del animal para observar sus pupilas.

—Adrenalina —le dijo a Oliver.

Él buscó entre el material que traía el veterinario y preparó a toda prisa una enorme jeringuilla. Después la puso en manos de Jameson y se levantó, dejándolo junto a Rex.

Una lágrima resbaló por mi mejilla. Oliver se acercó a mí y me rodeó con sus brazos.

—Tranquila, se va a poner bien.

Pasados unos minutos observamos cómo los temblores que sacudían las patas de Rex cuando llegamos con el veterinario iban cesando.

El veterinario se levantó y lo acarició.

—Ha sido un buen susto, pero ahora solo necesita descansar.

—¿Lo dice en serio? —pregunté.

—Sí, se ha salvado gracias a que Oliver estaba con él. Debemos dejarlo tranquilo el resto de la mañana. Me quedaré un rato más con él para asegurarme de que se recupera —dijo Jameson.

En aquel momento vi cómo mi madre se acercaba desde la puerta de casa. Oliver no me había soltado en ningún momento y yo ya no quería que lo hiciera.

—Ven —me dijo.

Me cogió de la mano y nos alejamos unos metros, bajo la mirada de sorpresa de mi madre, que se acercó de inmediato a Leighton para que le explicase a qué se debía aquel alboroto.

—Oliver, lo de Leighton...

—No. No, he sido un idiota. No me debes ninguna explicación, Lizzy. Faltaría más.

Lo abracé.

—Tu madre nos está mirando —susurró.

—Me da igual. Mira, no sé qué te ha contado Leighton antes de que yo llegase esta mañana, pero me enteré anoche de que venía de visita. Y a mi madre se le ocurrió la brillante idea de que saliese con él para montar a caballo, justo después de...

Oliver me sonrió.

—Shhhh, de verdad. No es necesario. Lizzy. He sido un idiota. Acepté este trabajo para estar más cerca de ti, y ahora ya veo el final. El final de mis estudios están a la vuelta de la esquina, y tendré que dejar la casa Alcott. Y no quiero...

Lo miré, estudié cada matiz de su rostro, porque yo también tenía una revelación para él y necesitaba saber de una vez por todas cómo la encajaba.

—Yo también vine aquí por ti, Oliver. Dejé Londres y me instalé en casa de mis padres hace meses. Pero no fue porque odiase la ciudad o porque quisiera estar todo el tiempo cerca de Truman. Tampoco estoy deprimida, a pesar de lo que diga mi madre. Quería estar cerca de ti. Y me alegro tanto de que anoche nos encontráramos.

Una de sus manos se perdió en mi corta melena rubia. Busqué su espalda con mis brazos, introduciéndolos bajo su chaqueta.

—Gracias por cuidar de Rex.

—Es un honor y un privilegio cuidar de tus caballos, Lizzy.

Busqué el calor de su cuello con mi nariz. Estaba en casa. Me sentía en casa. Oliver levantó suavemente mi barbilla y me besó.

Delante de mi madre.

¿Existía una confirmación más contundente?

EPÍLOGO

D*os años después*
OLIVER

Apoyé la barbilla en el hombro de Lizzy, tras su espalda, observando las letras que iban apareciendo en la pantalla de su ordenador. Soltó una risita, pero no dejó de teclear.

—Pienso acabar este párrafo —me dijo.

—No me importa.

—¿Cuánto tiempo piensas quedarte ahí? —preguntó ella riéndose—. Esa postura tiene pinta de ser muy cómoda.

—Es que así me resulta más fácil esto —contesté.

Acto seguido le di un beso en el cuello. Ella inclinó la cabeza para atraparme en aquel hueco perfecto. La rodeé con los brazos.

—La cena está lista, *miss Alcott*.

—Oh, perfecto. ¿Qué tenemos esta noche?

—Una perfecta *vichysoisse*.

—No me lo puedo creer, Oliver. Cuando te conocí tu única especialidad era la pizza congelada.

La besé de nuevo.

—Tengo una sorpresa para ti —dije—. No quería interrumpirte, pero hay algo que te espera en el salón.

Lizzy se levantó y me abrazó.

—¿Sabes que eres una de las pocas personas que conozco a la que le hacen genuina ilusión las sorpresas? —pregunté.

—Eso es porque sueles acertar.

La seguí por el pasillo.

—¿Qué tal el día?

—Bien. Perfecto, lo único es que me atrasé con la traducción de hoy. Me entretuve en una videollamada con Charlotte.

—¿Sigue trabajando en el MOMA?

—Sí —suspiró—. Neoyorquina total. Incluso está perdiendo el acento.

—Permítame que lo dude. Eso nunca sucederá.

—Ya nos ocuparemos de su acento la próxima vez que Arthur y ella aparezcan por aquí.

Lizzy soltó un grito de alegría cuando entró en el salón y vio el gatito que había traído. Se abalanzó sobre él para cogerlo y abrazarlo.

—Una de las gatas que pasó por la consulta tuvo bebés hace unos meses y, bueno, hemos estado cuidándolos —dije.

—Oh, Oliver. ¿Podemos quedárnoslo?

—Por supuesto, cariño. Deberíamos adoptarlo. Ya habíamos hablado de esa posibilidad. Creo que será la compañía perfecta mientras trabajas en tus traducciones.

Se acercó de nuevo para besarme, con el gato en brazos.

Hacía seis meses que nos habíamos instalado en una casita en Bracknell. Lo suficientemente cerca de sus caballos y lo suficientemente lejos del control férreo de Adeline, mi querida suegra.

Los Alcott vuelven a estar solos en su enorme casa. Su hija vive ahora conmigo y no pienso dejarla escapar por nada del mundo. En cuanto terminé los estudios de veterinaria y empecé a trabajar con Jameson en su consulta le propuse a Lizzy vivir juntos en el pueblo. Temí que me dijese que no, que decidiese volver a Londres. Aunque por ella estaba dispuesto a instalarme en la ciudad. No fue necesario. Lizzy y yo preferíamos un sitio más tranquilo.

Acaricié el gatito y la besé. Me hacía feliz hacerla feliz. Y me hacía aún más feliz añadir un miembro más a nuestra pequeña familia, aunque empezásemos con un gato.

Cogí al pequeño felino y lo devolví a su caja. Después agarré a Lizzy por la cintura y la besé. Dimos unos pasos ciegos hasta el bloque de heno.

Has leído bien, tenemos un montón de paja bien compactada en el salón.

Espero que entiendas por qué.

Nos trae excelentes recuerdos.

A continuación puedes leer los primeros capítulos de mi novela

LA ESPÍA QUE TE AMÓ

CAPÍTULO 1

Emma notó el móvil vibrando en el bolso y no necesitó sacarlo para intuir que Mateo volvía al ataque después de una de sus típicas desapariciones. Se moría de ganas de ver qué ocurrente excusa le presentaba esta vez, pero no lo hizo en aquel mismo momento porque tenía las manos ocupadas sujetando a su gato, Mirko, sobre la mesa del veterinario. Era como si aquel condenado gato oliese a kilómetros que se acercaba el momento de la vacuna.

El doctor Ramón resopló y esquivó un nuevo zarpazo mientras ponía a punto la jeringuilla.

—Mi cliente está hoy bastante nerviosito —dijo, seguido de una risa un poco irritante.

Emma lo observó sin inmutarse. El veterinario siempre llamaba a Mirko "mi cliente". No sabía si era consciente de que la clienta en realidad era ella, ya que daba la casualidad de que Mirko no tenía dinero para pagar la factura. El gato soltó un feroz maullido cuando la aguja se hundió en una de sus patas traseras. Acto seguido, Emma lo levantó y lo acunó entre sus brazos, olvidándose por completo del estado en que quedaría el suéter negro que se había puesto aquella mañana y que pretendía llevar a la oficina en un rato.

—Genial —dijo cuando se dio cuenta del error—. Otra vez cubierta de pelo de gato.

Una vez consiguieron introducir de nuevo a Mirko en su jaula portátil, Emma se plantó delante de la recepcionista de la clínica veterinaria para extenderle la tarjeta de crédito. El bolso vibró de nuevo y entonces sí, sintió la imperiosa urgencia de comprobar si estaba en lo cierto. Metió la mano y rebuscó a la caza del aparato. En efecto, dos escuetos y frustrantes mensajes de Mateo:

Hey, ¿qué tal?

¿Estás por aquí estos días?

Madre mía. Un martes a las nueve de la mañana. ¿Dónde iba a estar si no? Y encima "hey". Intuyó que sería completamente inútil contestarle, pero no pudo contenerse. Ignoró los maullidos de Mirko durante unos segundos y tecleó la respuesta más seca del mundo:

Sí, estoy aquí

Las dos moscas azules que indicaban que Mateo había obtenido el masajito para su ego aparecieron en la pantalla. Se quedó mirando el chat durante unos segundos y ¡oh, sorpresa! El muy capullo no contestó. La recepcionista carraspeó para recuperar la atención de Emma, que había aparcado el trasportín del gato sobre su mesa.

—Perdona. Era un mensaje urgente.

—Aquí tienes —la chica le devolvió la tarjeta de crédito.

Salió pitando de la clínica. Tenía que pasar por casa para dejar al gato, cambiarse de jersey y salir corriendo de nuevo hacia la agencia de detectives en la que trabajaba y donde le esperaba la asignación de un nuevo caso. No podía —o más bien no debería— permitir que Mateo la cabreara tan de buena mañana. Pero el hecho de que con todo el lío del veterinario ni siquiera le diera tiempo a tomarse un café y hojear un rato el periódico en su cafetería de confianza, como hacía todas las mañanas antes de ir a trabajar, añadía un puntito extra de ansiedad a aquel día, que se avecinaba bastante complicado.

Llegó a casa, le abrió la puerta de la cesta al gato y salió corriendo de nuevo sin acordarse de cambiarse el jersey.

En cuanto llegó a la boca de metro notó una nueva vibración en el bolso. Aquello ya parecía el efecto del perro de Pavlov. ¿Se dignaría finalmente Mateo a pedirle una cita como diosa manda en lugar de proponerle planes tardíos en su casa a última hora de la noche?

Sacó de nuevo el móvil. No era Mateo, era Feli, su compañera en la agencia de detectives:

No hace falta que te des prisa. Cristóbal sigue atrapado
en el aeropuerto de Londres y no llegará hasta mediodía.
Ha pospuesto la reunión hasta después de comer.

Genial. El día empezaba a mejorar. Se dio media vuelta y se dirigió a la cafetería a por su consabido bocadillo de queso y su café con leche. No sabía empezar la jornada sin ese momento zen y aquel día había estado a punto de perdérselo. Tecleó una mentirijilla rápidamente para avisar a Feli de que aún tardaría un rato en llegar a la oficina:

Hay un rato de espera para atender a Mirko.
Llegaré en unos cuarenta minutos aprox.

No hacía falta ni que pidiese a la camarera. La chica sabía perfectamente lo que tomaba cada día. Se sentó en su sitio favorito ante uno de los grandes ventanales. Emma adoraba sus pequeñas rutinas. A poder ser, fuera de su horario de trabajo, le gustaba hacer cada día lo mismo durante la semana. Repetir sus pasos antes y después de las horas en las que se convertía en una de las detectives privadas que trabajaban en la reputada agencia de Cristóbal Monterde.

Se concedió veinte minutos para desayunar y continuar pensando en qué hacer con Mateo. Sentía que el momento de tomar una decisión radical se acercaba. Lo suyo era una no-relación de idas y venidas que ya duraba casi un año y en la que él se dedicaba a darle lo justo para mantener vivo su interés. Lo que él ofrecía, en definitiva, era bastante pobre, pero Emma no podía negar que le gustaba y que esperaba con cierta ansia las pocas citas que tenían, dos o tres al mes, a lo sumo.

Había muchas cosas que no le encajaban en aquella situación. Se habían conocido un viernes en un bar de copas, un día en que ella había salido con dos de las chicas de la agencia. Emma no acostumbraba a beber hasta emborracharse, pero ese día bajó la guardia y Mateo entró con todo, y nunca mejor dicho. Acabaron la velada en su casa. En su cama. Ella creyó que la historia se quedaría en eso, en un lío de una noche, pero para su sorpresa él le escribió unas horas después y durante todo el sábado, y el domingo decidieron verse de nuevo para tomar algo. Un romance de fin de semana, había creído ella.

A partir de aquel lunes todo empezó a ir cuesta abajo para Emma. Lo recordaba a la perfección.

Ese día llegó la oficina con el estómago encogido y entonces supo que había metido la pata. No podía dejar de pensar en él, en el fin de semana que habían pasado juntos. Su error, pensó, era haber catalogado a Mateo en un primer momento como "rollo de una noche" para dejarse arrastrar por su entusiasmo durante el resto del fin de semana. Y ahora no podía sacárselo de la cabeza. Mierda. Aquel lunes que debía pasar en su mesa de la agencia redactando unos informes estuvo mirando de reojo el teléfono móvil. Todo el santo día. Para colmo, él no trabajaba demasiado lejos de allí. Se sintió tentada de enviarle un mensaje para ver si quería ir a comer con ella esa mañana, pero se abstuvo. Pensó que lo mejor era esperar para ver si él se pronunciaba o para, al menos, ver si aquella peligrosa miniobsesión se iba disipando con el paso de la semana. Para su desgracia no fue así.

Habría agradecido tener a alguien cerca de quien poder confiarle aquello que estaba rondándole en aquellos días, pero sus mejores amigas, Lara y Priscila, estaban lejos. Lara se había ido a vivir a Roma con su novio italiano y Pris había hecho lo propio con Matt, un cantante escocés con el que había tenido también unos comienzos algo turbulentos debido a una ex novia problemática. El caso era que Priscila trabajaba muchas horas al día en sus cuadros —era pintora—, y viajaba a menudo por Europa para presentar su trabajo. Se alegraba muchísimo por su éxito, pero la realidad era que la echaba de menos. A las dos. A Lara también. Y las tres se habían confabulado para verse al menos una vez cada dos o tres meses, pero era complicado ir a Italia en un momento en que a las tres les fuera bien. Con Priscila era algo más fácil. A Emma le bastaba con pasarse por su estudio cualquier día con una botella de vino. Siempre estaba allí, absorbida por sus pinturas.

El caso era que no les había contado bien lo de Mateo, y había llegado un punto en que la bola había crecido tanto que estaba francamente desorientada y hubiera apreciado mucho la sabia opinión de sus amigas. Bueno, no tan sabia, pero al menos un punto de vista externo a la situación.

Aquí estaba el problema. Mateo solo buscaba sexo. Y tampoco lo disimulaba demasiado. Era bastante hábil a la hora de proponer planes que implicasen tomar algo cerca de su casa, ver una peli en su casa, cenar algo ligero en su casa...Ese era el patrón. También tenía noticias suyas cuando por algún motivo él tenía algo que hacer cerca del apartamento de ella. A veces recibía mensajes suyos cerca de la medianoche del tipo:

¿DESPIERTA? ESTOY CENANDO con unos
amigos cerca de tu casa...
¿Quieres hacer algo más tarde?

A PESAR DE QUE SIEMPRE tenía ganas de verlo evitaba contestar aquel tipo de cosas a partir de cierta hora. Y de un tiempo a esta parte empezaban a ofenderle un poco, porque a pesar de que había intentado decirle a Mateo que no estaba interesada en una relación basada en el sexo casual, y que prefería salir de una manera un poco más formal, él parecía ignorarlo. Cuando salía la conversación —no muy a menudo— la escuchaba con un gesto circunspecto, le decía que sí, que claro, que él también quería conocerla un poco mejor y que no había ningún problema, para volver a las andadas al cabo de unas semanas.

La parte intelectual de Emma (¡sí! Esa parte existía) sabía perfectamente que aquello no tenía remedio, que no podría hacerle cambiar de idea y que debía de cortar ya aquella situación enquistada. Darle puerta a Mateo y a sus mensajes nocturnos y ultrapasivos.

Aquella mañana mientras se escaqueaba un rato de la oficina alargando de forma ficticia la visita al veterinario de Mirko, Emma se cabreó consigo misma. ¿Cómo era posible que hubieran pasado diez meses desde la noche en que se conocieron y siguiera atrapada en aquella situación? En aquel gran limbo. ¿Por qué seguía sintiendo aquella emoción descontrolada cada vez que recibía un mensaje de él sabiendo que no significaban nada? Que solo los escribía para reafirmar su ego, para asegurarse de que ella seguía al otro lado de la línea, pendiente de recibirlos.

No conocía a sus amigos ni, por descontado, a su familia.

No habían hecho ninguna escapada de fin de semana.

Nunca habían ido al cine.

Nunca habían cenado juntos.

TERMINÓ EL CAFÉ Y MIRÓ la hora en el teléfono. Tal vez convenía ya ponerse en marcha y hacer acto de presencia en la oficina. Acusó el efecto de la cafeína y se sintió reconfortada, y también lo suficientemente fuerte para borrar el mensaje de Mateo de su teléfono sin contestarle. Con el mensaje desaparecería también su número, que hacía tiempo que había apuntado en un post-it que había entregado a Feli en la oficina (le había pedido que lo escondiera por ahí en algún cuaderno). Sí, había llegado el momento de pasar de Mateo. No ya como una efectiva estrategia, sino para olvidarse de él definitivamente y de aquella historia que nunca evolucionaba; y así poder dejar espacio libre para que llegase a su vida alguien infinitamente mejor. Alguien que quisiera estar a su lado sin condiciones.

CAPÍTULO 2

Durante aquellos meses en que Mateo estuvo rondando por su vida casi se había olvidado de la suerte que tenía de poder dedicarse a su auténtica pasión: ser detective privada. ¿Quién lo hubiera dicho? Todo había sido una gran casualidad que ya duraba casi seis años. Emma había estudiado periodismo y a sus treinta y dos años apenas había ejercido como tal. Cuando terminó la carrera se marchó unos años a vivir a Berlín y a su vuelta dio algunos tumbos por tiendas de moda y varias agencias de comunicación y publicidad. En una de ellas incluso trabajó con Priscila, y a pesar de que ya eran amigas desde entonces se hicieron íntimas. Entonces llegó la crisis, los despidos masivos y todo aquello. A Emma le tocó en suerte abandonar la última agencia de publicidad en la que hacía jornadas maratonianas hasta bien entrada la noche. Iba a dejar el trabajo ella misma cuando le comunicaron que lamentablemente tenían que recortar la plantilla. De repente se vio con mucho tiempo libre y con una cantidad decente de dinero, suficiente como para marcharse de la ciudad un tiempo y empezar en otro sitio.

Estaba a punto de hacer las maletas y volver a Berlín cuando se encontró con el anuncio en un periódico de la agencia de detectives de Cristóbal Monterde. Sí, en un periódico. Como en los años noventa. Había un email al que enviar un currículum y poco más. El anuncio decía que buscaban a una persona para trabajar en una agencia de detectives "observadora y sensible con los detalles, con capacidad para redactar informes". No se necesitaba experiencia previa.

Emma, gran lectora de novela negra, siempre había soñado con ser detective. Pero para ella era una simple fantasía, algo irrealizable que jamás había contado a nadie. Ni siquiera se había molestado en planteárselo en serio, en averiguar cómo alguien llegaba a convertirse en investigador privado, qué había que estudiar exactamente, cómo había que prepararse. Todo esto lo intuía, pero jamás había entrado en contacto con ese mundo. Solo hay que mirar a nuestro alrededor. ¿Cuántos detectives conocemos? Para ella era algo propio de la ficción, algo que hacía la policía. Y lo que no hacía la policía se limitaba probablemente a perseguir cuernos o a gente que debía dinero.

En todo caso, ver aquel anuncio en el periódico le removió algo por dentro. Aquella bombillita tenue que siempre había estado encendida empezó a brillar con más fuerza. Envió su currículum y se olvidó del tema, y al cabo de una semana recibió una llamada de Feli, la que poco después de convertiría en su mentora, en la persona que le enseñó todo lo que sabía de su profesión.

Desde aquel momento, hacía ya esos casi seis años, Emma había pasado de redactar aburridos informes con las pruebas e indicios que Feli le planteaba a convertirse en una talentosa detective. Era extremadamente intuitiva, lista, rápida y muy efectiva. Cumplía a la perfección con su trabajo y su "jefa" no tardó mucho en darse cuenta de que allí tenían un diamante en bruto.

Habían construido una relación especial, más allá de ser compañeras de trabajo, o mentora y aprendiza. Feli tenía una edad indefinida entre los cincuenta y los sesenta años —no le gustaba hablar de ese tema—, y un aspecto intimidatorio y masculino que al principio temía bastante. El pelo corto y gris. Nunca se molestaba en teñírselo. Había convertido su forma de vestir en un uniforme que repetía a diario, variando solo algunos colores dentro de una gama. Pantalones de vestir rectos grises, negros y marrón oscuro. Zapato plano tipo Oxford incluso en verano. Camisas blancas y de color crudo perfectamente planchadas. Además, solía llevar una gabardina de color ocre que a Emma le hacía mucha gracia porque era, de hecho, la típica que llevaría un detective.

—¿Y esa chaqueta del Inspector Gadget? —le preguntó una vez, riéndose—. Es un poco cliché, ¿no? Feli, solo te falta esconderte detrás de un periódico con un hueco para los ojos recortado en el papel.

—No sé de que me hablas, tía —contestaba Feli.

No, aquella señora no tenía la menor idea de quién era el Inspector Gadget y la llamaba "tía" de una forma impropia y bastante graciosa. Durante los primeros meses de estancia en la agencia, Emma pensó que Feli era una señora lesbiana hasta que le contó que estaba divorciada y que tenía un hijo "más o menos de tu edad".

Emma conoció a Sergio poco después debido en parte a la insistencia de su madre, que nunca escondió la ilusión que le hacía que "se enrollaran". Palabras textuales. Aquella cita a ciegas fue un desastre y eso jamás pasó, pero el caso era que Sergio y Emma se hicieron amigos (¡increíble!) y durante una temporada quedaban religiosamente una vez a la semana para ir al cine. Así fue como el hijo de Feli se había convertido en su "colega para ir al cine". Pero más sobre esto en otro momento. Esa no es la historia que nos ocupa.

EMMA LLEGÓ A LA AGENCIA y se dirigió a su mesa disimuladamente. Los días en los que no estaban en la calle tenían que cumplir con el horario y esa mañana se había relajado un poco porque Cristóbal, el jefe, estaba regresando de uno de sus viajes de trabajo a Londres. Él solía ya ocuparse personalmente de muy pocos casos. Solía asignar casi todo a sus ocho detectives. Él se dedicaba a la administración general de la agencia con la ayuda de Susana, su secretaria, a repartir el trabajo y a cenar con gente importante. Aquella mañana todavía no había llegado.

Emma se sentó y, por primera vez en muchos días, olvidó por completo poner su móvil personal encima de la mesa (a la espera de que llegase alguna noticia de Mateo). Puso a cargar el teléfono de trabajo y revisó los emails por si había algo importante. Hacía ya unos días que había completado el informe de uno de sus últimos casos y este seguía sobre la mesa de Cristóbal, a la espera de que él le echase un vistazo.

No había sido nada difícil. Una nueva infidelidad descubierta. Una mujer rica y divorciada con un amante más joven que no soportaba la idea de que él se viera con algunas chicas de su edad. A veces Emma se preguntaba cómo conseguía seguir teniendo fe en el amor romántico después de la cantidad industrial de casos de infidelidades que gestionaba e investigaba en su trabajo día sí y día no. Porque si pensabas que era una leyenda urbana eso de que los detectives privados se dedican sobre todo a perseguir cuernos, en fin, no andas tan desencaminada. Gran parte del trabajo de Emma consistía en eso, precisamente: perseguir de manera muy discreta a maridos y novios infieles y presentar a su pareja las pruebas correspondientes. Una vez estaba todo claro, Emma convocaba al infeliz engañado o engañada a una reunión y le mostraba con el mayor tacto posible todo lo que había averiguado. Las fotos.

Al principio le resultaba muy difícil. Si lo piensas así, es un poco como el trabajo de un médico que ha de comunicar el fallecimiento de un familiar a alguien. La muerte de un paciente crónico. Un amor que ya estaba en coma y que para dejar de existir solo necesitaba que alguien expusiera el gran problema bajo un foco y que la persona afectada tuviera la valentía de abrir los ojos de una vez y mantenerlos bien abiertos ante la evidencia, sin apartar la mirada.

Esto era algo de lo que había hablado bastante con Feli al principio. *Son gajes del oficio*, le decía ella. *Te acostumbrarás a comunicar ese tipo de cosas a nuestros clientes.* Y sí, por supuesto que se acostumbró. Pero el hecho de convertirse en detective comportó un efecto secundario con el que Emma se encontró por inercia. Bueno, dos efectos secundarios.

El primero era que llevaba ya unos años saboteando su propia vida amorosa debido a que le costaba muchísimo resistir la tentación de investigar a los chicos con los que salía. Daba igual si eran rollos de una noche, compañeros de su clase de yoga, amigos de amigos con los que coincidía en alguna fiesta, gente del pasado que volvía aparecer en su vida como los zombis de *The Walking Dead*. Daba igual. Emma hacía una pequeña investigación por Internet para averiguar más de con quién estaba tratando. Le costó un par de años y muchas historias fallidas entender que esto era un error y que tenía que dejar de hacerlo por muy buena que fuera en ello y muy divertido que pareciera al principio.

Lo segundo era cuando llegaba el momento de confesar a aquellos chicos que era detective privada. No todos lo llevaban bien. Alguno incluso le dijo que se sentía intimidado. Que tal vez "aquello no podría funcionar". Entonces empezaban a apartarse de ella poco a poco, evaporándose con el paso de los días y las semanas hasta dejar de dar señales de vida. Cuando le contó esto a Feli, esta la observó perpleja y le dio uno de los mejores consejos (y eso que Feli le había dado muchos buenísimos consejos): *nunca les digas que eres investigadora privada si no estás cien por cien segura de que él te interesa en serio y tú a él. Créeme, eso te ahorrará muchos problemas y malentendidos.*

Y eso había hecho. Desde aquel día, a toda la nueva gente que entraba en su vida, Emma solía decirles que "trabajaba en una oficina". Poco más. ¿Sabes cuando tienes un amigo relativamente cercano y no tienes ni idea de a qué se dedica porque siempre ofrece respuesta vagas? Es decir, sabes que va a trabajar a un sitio cada día y parece que tiene una nómina y que dispone de dinero para hacer cosas lúdicas, pero nunca ha entrado en detalles sobre lo que hace. Pues bien, Emma sería uno de esos amigos.

Esto era, de hecho, algo que siempre había intrigado bastante a Mateo. De hecho una vez se habían encontrado en la puerta de la agencia y no pudo ocultarle por más tiempo que trabajaba para Cristóbal Monterde. Le dijo que era su secretaria, que se dedicaba sobre todo a tareas administrativas, pero por la cara que puso estaba casi convencida de que no se lo creyó. A pesar de ser un cabroncete, Mateo era un tipo listo. También supo tener la discreción de no preguntar mucho más.

Aunque en realidad ya importaba poco qué pensaba o no Mateo sobre ella y su misterioso trabajo. No era la primera vez que pasaba de contestarle a uno de sus inoperantes mensajes de Whatsapp. Pero aquella mañana por algún motivo se sentía con fuerzas de dejar ya esa historia atrás de una vez por todas. No sabía por qué, pero lo sospechaba. La noche anterior, antes de dormirse y repasar mentalmente todo lo que debía hacer al día siguiente, empezando por la visita al veterinario, Emma se dio cuenta de que el árbol no le estaba dejando ver el bosque. Su atención y su energía fuera de sus horas de trabajo estaban puestas en aquel idiota de Mateo y hacía tiempo que no se fijaba en nadie más. Había ignorado a todos los chicos que se habían acercado a ella en todos aquellos meses. Se dio cuenta de que seguía aferrándose a la vana esperanza de que él cambiase de parecer y se decidiera a plantearse algo más serio con ella. Él parecía absorber toda aquella energía que le dedicaba y eso le era más que suficiente. Mateo había creado una especie de campo de fuerza a su alrededor que repelía al resto de hombres del planeta, y al mismo tiempo él se mantenía lo suficientemente lejos y lo suficientemente cerca.

Y ya bastaba, ¿no?

Había llegado el momento de desviar la atención y empezar a prestar atención a otros hombres. Qué maravillosa casualidad que Lloyd Cooper apareciera en su vida justo en aquel mismo día para ayudarla a olvidarse de su corrosivo problema. Y qué bajón también que fuera en la misma pantalla en la que Cristóbal acostumbraba a presentar los nuevos casos a repartir entre sus detectives.

CAPÍTULO 3

Era casi medio día cuando el detective jefe, Cristóbal Monterde, irrumpió en la oficina, apresurado como siempre, sosteniendo un café en un vaso de plástico y soltando demonios por la boca acerca de la compañía con la que acostumbraba a volar a Londres y que solía dejarle tirado en el aeropuerto durante horas. Apenas una mirada le bastó para indicar a su equipo de investigadores que se reunieran en la sala común, donde les hablaría de los tres nuevos encargos que habían llegado. Todos se levantaron con diligencia de sus sillas y pusieron rumbo a la sala.

Por lo general aquella reunión tenía lugar los lunes pero esa semana se había atrasado un poco debido al viaje del jefe. A veces era él quien asignaba directamente el caso a un detective determinado, y en otras ocasiones, si no era un asunto muy complicado, pedía un voluntario según el volumen de trabajo que tuviese cada uno. Cada detective tenía sus puntos fuertes. Raúl era excelente haciendo seguimientos en la calle, Lobo siempre conseguía las mejores fotos, Feli tenía la mejor intuición...¿y Emma? Emma era un hacha localizando a gente vía Google. Conocía todos los resquicios para seguir las huellas digitales de cualquiera, redes sociales...era muy difícil que este tipo de rastreos se le resistieran. Monterde había visto enseguida lo habilidosa que era e incluso le había pedido que compartiera sus técnicas con sus compañeros.

Lo cierto es que el ambiente de trabajo era fenomenal y de extrema camaradería, y esa era una de las razones por las que Emma se había quedado allí tanto tiempo, y por las que no se veía trabajando en nada que no fuera la investigación privada. Estaba contenta con su profesión y por primera vez en mucho tiempo sentía que había automatizado un poco ese aspecto de su vida, que disfrutaba y que, podía decirse, funcionaba solo; y que por fin podía empezar a prestar un poco de atención a su distraído y en ocasiones maltrecho corazón.

Tras la correspondiente cháchara insustancial, Monterde empezó a presentarles los nuevos casos, y Emma casi se cayó de la silla de la impresión al ver lo que se le avecinaba. En la pantalla donde el jefe proyectaba las imágenes para ilustrar los proyectos que llegaban apareció un chico guapísimo. Tuvo que hacer un esfuerzo para concentrarse en la presentación.

Monterde frunció el ceño al ver el clamor que había provocado la foto entre las chicas de la oficina. Carraspeó y procedió a presentar el caso:

—Este es Lloyd Cooper. Londinense, treinta y cuatro años. Esta petición es muy reciente, nos llega directamente de Blayfold.

Blayfold era una agencia de investigación británica con la que Monterde colaboraba puntualmente en algunos casos de carácter internacional. El jefe hizo una pausa para beber y escoger las palabras adecuadas:

—Al parecer nuestro amigo Lloyd pasa más tiempo aquí del que debería. En nuestra ciudad, quiero decir. Básicamente, nuestro cliente quiere saber el porqué de sus idas y venidas entre Londres y Barcelona.

Emma, casi hipnotizada por el porte del tal Lloyd, preguntó como un resorte:

—¿Su esposa, tal vez? ¿Quién lo busca?

Monterde negó con la cabeza.

—No tiene ninguna relación estable, que sepamos. El cliente es su tío, Francis Cooper. Es un caso relacionado con una herencia familiar. Solo quieren saber qué está haciendo en la ciudad. ¿Te interesa a ti, Emma? No creo que tenga mayor complicación. Será cosa de dos o tres días como mucho. Un par de seguimientos y creo que lo tendremos. ¿Cómo lo tienes esta semana?

Esa sensación de excitación que tan bien conocía cuando un caso que le gustaba caía en su regazo le sobrevino a Emma, mientras asentía como una boba.

—Sí, sin problema. Puedo ocuparme yo.

—Perfecto. Aquí tienes.

Le extendió una carpeta de color marrón con la información básica sobre el caso. El resto de la reunión le interesó más bien poco, la verdad. Abrió el informe mientras Monterde seguía hablando, y allí se encontró de nuevo con la imagen de Lloyd Cooper.

Era exactamente el tipo de hombre por el que de vez en cuando giraba la cabeza cuando se los cruzaba por la calle. Dios, y encima británico. Seguro que tenía ese acento que la derretía, a lo Benedict Cumberbatch en aquella serie de Sherlock Holmes. Lloyd tenía el pelo corto, de un tono rubio oscuro, y los ojos azules más tranquilizadores que Emma había visto nunca. En la foto estaba agachado, junto a un perrito de raza *cocker*. Era un tío muy guapo. Barba incipiente, sonrisa amplia y relajada. Era muy chocante que alguien así fuera objeto de una investigación detectivesca. Nunca le había tocado nadie tan guapo, eso por descontado.

¿Qué has hecho, Lloyd Cooper?, pensó Emma.

Se había ofrecido voluntaria porque necesitaba desesperadamente un caso interesante con el que distraerse aquella semana. Tenía que apartar de una vez por todas al capullo de Mateo de su mente y el trabajo era lo que mejores resultados solía darle. Y, entre nosotras, si tenía que pasar parte del día siguiendo el rastro de alguien, qué mejor que un hombre como el tal Lloyd Cooper. Era la primera vez que se topaba con un chico tan atractivo en uno de los informes de Monterde.

Levantó la vista de la carpeta y se encontró con la mirada atenta de Feli. A veces le daba miedo, era tan observadora que parecía capaz de leer el pensamiento de cualquiera. Se sintió expuesta, como si su compañera supiera exactamente lo que estaba pensando acerca de Lloyd Cooper. Le sonrió.

Cuando Monterde terminó de asignar los otros dos casos, le pidió a Emma que esperase un segundito al terminar la reunión porque quería hablar con ella en privado. *Oh, oh*, pensó. *¿Qué habré hecho ahora?*

Sus compañeros salieron de la sala y ella lo esperó de pie. El jefe sonrió.

—¡No pongas esa cara, mujer! Tengo buenas noticias para ti.

—¿Buenas noticias? Cuéntame.

—Además de tenerte muy entretenida esta semana con un caso internacional, tengo el honor de comunicarte que a partir de ahora vas a tener una nueva *assistant*.

Vaya, esto sí que era una sorpresa.

—¿Una *assistant*? Pero si yo no necesito ayuda, Cristóbal...

—No, claro que no. Por eso, precisamente. Ya sabes que eres una de mis investigadoras más valiosas, Emma. ¿Recuerdas tus comienzos aquí? Con Feli...

—Han pasado años y ni me he enterado —dijo Emma, sonriendo. No era habitual que Monterde fuera tan expresivo.

—Bien. Feli te enseñó todo a la perfección. Y supo ver enseguida el talento que tienes para este trabajo. No sabes lo que me alegro de que te hayas quedado. Todos sabemos que te iría muy bien trabajando por tu cuenta y, sé que no te lo digo muy a menudo, pero te estoy agradecido. El caso es que hemos pensado que estaría muy bien si pudieras enseñar a alguien. Busco un joven talento, un diamante en bruto. Y tengo a una chica muy interesada en aprender el oficio. Hemos pensado que tú serías la persona idónea para enseñarle todo. ¿Qué te parece el proyecto?

Pues qué decirte, Monterde, pensó Emma. En tan poco tiempo no podía decidir si aquello era un honor o un marrón en todas sus dimensiones. La paciencia no estaba entre sus dones, precisamente, y nunca había ejercido de profe, así que no sabía si estaba muy capacitada para la "docencia". Por otra parte Feli había sido súper generosa enseñándole todo lo que sabía sobre la investigación privada. Era su maestra, y ahora ella tenía la oportunidad de equilibrar un poco el karma y devolver lo mismo a alguien que estaba empezando y que quisiera aprender.

Se encogió de hombros y al momento asintió, aunque se aseguró de no estar mostrando demasiado entusiasmo.

—Lo haré lo mejor posible. ¿Tienes ya algunas candidatas?

—Candidata. Y además en firme. Se llama Esther y tiene veinticuatro años. Está a punto de terminar sus estudios. Empieza el jueves. La tendrás en la oficina a las nueve de la mañana, sentada junto a tu mesa. Tal vez pueda ayudarte con el caso Cooper. Ah, sobre eso: no he podido revisarlo durante el vuelo. En el informe está todo. Me encanta que te hayas ofrecido voluntaria para ocuparte de él. Ya había pensado en asignártelo a ti, ya que creo que eres la que mejor domina el inglés. No debería ser muy complicado, pero tal vez tengas que hablar con Blayfold en Londres o con el tío Francis. Lo dejo todo en tus manos. Espero leer pronto el informe con la resolución del caso. Sin presión, ¿eh?

Monterde soltó una carcajada. Todo el mal humor provocado por el retraso de su vuelo parecía haberse esfumado al llegar a la oficina y soltar los encargos (o marrones, como solían llamarlos sus empleados). Aunque en el fondo Emma estaba contenta. No había hablado mucho con él en las últimas semanas, pero sentía que confiaba cien por cien en ella y que ya la consideraba como una de sus mejores detectives. Era un cumplido real.

Le había llamado mucho la atención que le dijera que apreciaba que se quedase con ellos en lugar de trabajar por su cuenta. Eso decía mucho de su trabajo. Y no podía negar que lo había pensado algunas veces, pero aún no se sentía lo suficientemente segura para independizarse de la agencia de Monterde y tener sus propios clientes. Le constaba que muchas personas pedían específicamente que fuera ella quien se ocupase de sus historias. Era rápida y muy efectiva. Presentaba resultados en cuestión de días y había resuelto todos y cada uno de los casos que caían en sus manos. Estos habían ido creciendo en dificultad, por eso le sorprendía también que su jefe le pasara algo tan básico a priori como el encargo de Francis Cooper de averiguar por qué su sobrino viajaba tanto a Barcelona. Allí había gato encerrado. No podía ser tan simple como parecía.

—Otra cosa más, Emma. He decidido modernizarme —el jefe se rio de nuevo. Monterde se hacía mucha gracia a sí mismo—. No hace falta que os paséis la vida en la oficina cuando tengáis que redactar informes. La idea es que sea solo un punto de encuentro cuando tengáis que hablar conmigo o tengamos las reuniones semanales. Lo que quiero decir es que, cuando no estéis en un seguimiento, podéis trabajar desde casa si lo deseáis.

Vaya, ¡eso sí que era una noticia! Monterde por fin había entrado en el siglo veintiuno y ya era consciente de que existía una cosa llamada Internet que facilitaba el teletrabajo.

—¡Todo son buenas noticias hoy! —contestó Emma—. ¿Algo más? Voy a empezar a leer el informe de Cooper enseguida.

—Por ahora no. Ya puedes ponerte con eso, en tu mesa o en casa, ¡donde quieras! Que sepas que no lo he ofrecido a todos aún. Es una prueba piloto. Lo de trabajar fuera de la oficina, me refiero. Considéralo un periodo de prueba. Muy pronto enviaré una circular explicándoos las condiciones de este nuevo beneficio laboral.

Dios, Monterde a veces hablaba como un viejo, y no tenía ni sesenta años. Seguro que creía que les estaba haciendo el favor del siglo. A Emma se le iluminó la bombillita. ¿A qué venía tanta buena noticia? ¿Había llegado el momento de aprovechar la ola y pedir un aumento de sueldo? ¡Lo tendría en cuenta!

—Perfecto, pues salgo ya a almorzar y estaré toda la tarde empapándome del caso Cooper. Llámame al móvil para cualquier cosa. El jueves estaré a las nueve en punto para recibir a la chica nueva.

Emma salió de la sala de reuniones satisfecha. Había días en que sentía especialmente que amaba su trabajo, y aquel era uno de ellos. Estaba deseando llegar a casa, enroscarse en el sofá con Mirko, una mantita y una infusión, y leer todo lo referente a Lloyd Cooper. Empezaría cuanto antes el seguimiento.

La excitación que sentía no tenía nada que ver con la posibilidad de ejercer de mentora para una joven aspirante a detective, ni tampoco con que Monterde le permitiera trabajar desde una cafetería o desde el salón de su casa. Sabía muy bien que lo que le había acelerado el pulso, lo que le ilusionaba desde hacía un rato, era Lloyd Cooper, su sonrisa, su mirada azul y penetrante, y el irrefrenable deseo de saber qué escondía, de qué huía. No podía esperar el momento de tenerlo a unos metros y observar sus movimientos. Lo único que le preocupaba un poco en aquel momento era si sería capaz de mantener su exquisita profesionalidad. Observar, tomar nota, presentar uno de sus informes impolutos y olvidarse de él para siempre. Pero si una simple foto había provocado aquel efecto, ¿qué sentiría al verlo en persona? ¿Sería igual de atractivo?

Emma se dirigió a su mesa, apagó el ordenador y metió el móvil en el bolso, ignorando de nuevo la ristra de emoticonos que Mateo le había enviado patéticamente, en un infructuoso intento de llamar de nuevo su atención. Borró el mensaje sin ni siquiera abrirlo. Lloyd Cooper había dinamitado aquella obsesión inútil en solo unos minutos.